KB032738

내 안의
깊은 슬픔이
말을 걸 때

내 안의
깊은 슬픔이
말을 걸 때

한순 시집

나무생각

서문

슬픈 음악과 한 방울의 눈물이
용서와 화해로 가는 다리라는 것을
꽤 자라서야 알게 되었다.
어떤 일들은 용서와 화해의 길로 접어들기도 하고
또 어떤 일들은 그 다리를 건너 하얀 연기처럼
공중으로 사라지기도 했다.
사랑하려 애쓰다 가는 것이 인생이라 했다.
애쓴 흔적, 풍경 속에 하나의 점처럼 앉아 있던 순간,
먼 시간 연기처럼 공중을 돌다
다시 내려와 앉은 풍경이 시가 되었다.
그러므로 나는 무엇도 규정하지 않는다.
푸른 바닷가 사방이 열린 누각에
얇은 옷을 입고 앉아 있다.

한순

추천사

4악장의 실내악 같은 교향곡

—한순이라는 시인

최윤(소설가)

긴 세월 사람을 사귀는 것만큼 많은 것을 가르쳐주는 인생교실은 없다. 그래서 결국 사람의 이야기를 다루는 소설이 나이 익어 나올 때 그 맛이 제대로 나는 건지도 모르겠다. 사실은 시도 마찬가지다. 어쩌면 시는 더 그러하다. 시가 기교에 자리를 내어주기 전까지는.

무수한 사람을 만났다고 다 만나지는 것도 아니고, 또 한 사람을 많이 만났다고 더 잘 알게 되는 것은 아니다. 중요한 삶의 전환기에 만남이 이루어지는 축복의 친교가 있다. 매번 깜짝 놀라면서 "그래, 인생은 참 신비롭다" 중얼거리게 되는 그런 만남 말이다.

언제인지 기억도 나지 않는 오래전 어느 날 거의 만삭이었던 한 여인이 찾아왔다. 모든 것이 둥글둥글한, 나이가 잘 짐작되지 않는, 어떻건 젊은 여자였다. 물론 나도 비교적 젊

•••

었던 때다. 책과 연관된 여성이었으니 무슨 일을 의논하러 왔었겠지만 내용은 기억에 없고, 글의 흔적도 없는 것을 보니 아마 내 사정이 안 좋았거나 내가 알맞은 필자가 아니었을 수도 있다. 그러면 대체로 만남은 십여 분 후에는 끝나야 마땅하다. 그러나 오후 초반에 연구실 문을 들어선 이 여인은 어스름해질 때까지 방에서 나가지 않았다. 재미로운 이야기를 담아낼 것 같은 친근한 중간 톤의 목소리와 어조, 둥글둥글한 만삭의 여인의 입에서 나올 것 같아 보이지 않는 날카로우면서도 정서가 깊은 생각의 편린들이 빡빡했던 오후 일정을 기꺼이 뒤로 미루고 싶게 만들었다. 내용보다는 한 여성의 삶의 갈피들이 솔직하게 만져지는 대화에서 서서히 기쁨이 차 들어왔다. 흠, 이 만남은 오래갈 것 같다.

몇 년 후에 나는 그녀, 한순을 다시 만났다. 그때는 나무생각 출판사 사장으로 만났다. 그를 만난 기쁜 기억이 서서히 흐려져 갈 정도의 시간이 흐른 즈음이었다. 그런데, 이런! 나는 내 연구실 문으로 얼굴을 빼꼼히 내밀고 들어오는 그녀를 알아보지 못했다. 날씬해진 몸매, 갸름한 얼굴을 드러내며 살짝 들어간 볼, 날카로워진 선들…… 여성만이 누

• • •

릴 수 있는 이런 신체적 변신의 능력을 자랑하면서, 더 여유로워지고 눈빛은 더 부드러워진 이 여인과의 두 번째 만남에서 우리는 정말 친구가 되었다. 그녀는 그사이 출산을 했고, 자라나는 아기를 어느 정도 키웠으며 그것을 만끽하느라 그사이 풍성해져 있었다. 그날의 그녀는 문학을 깊이 사랑하는 겸손한 애서가였고 출판인이었다. 그러나 내가 더 주목한 것은 그녀는 책을 깊이 사랑하지만 그보다 삶을 더 사랑하고 존중할 줄 아는 사람이라는 거였다. 그녀가 애서가이기만 했다면, 문학애호가이기만 했다면 우리의 만남은 그저 그런 관계로 정지되고 나는 이런 글을 그녀를 위해 쓰고 있지 않을 터였다. 우리의 얘기에는 다른 사람이 끼어들 여지가 없었다. 우리가 사랑하는 것들을 나열하기에도 시간이 많지 않아, 비본질적인 어떤 것도 우리 대화에 자리를 차지하지 못했다. 이 본질로의 직진, 내가 참 좋아하는 것이었으니 어찌하랴!

약속이 지연도 되고 계획들이 무산되기도 했지만 드문드문 만나서가 아니라 바로 이 본질에 대한 공유로 우리는 멀리서도 가까이, 가끔 보아도 여일하게 서로를 생각하는 관

• • •

계가 되었다. 이심전심, 서로 따로 생각하다가 한맘이 되어 어느 쪽이랄 것 없이 연락을 하면서 "어머나!" 탄성을 지르는 일이 심심치 않게 일어나는 사이! 나는 어느 날 한순이 시인으로 데뷔한 시를 보내왔을 때 조금도 놀라지 않았다. 그녀는 이미 내게 시인이었기 때문이다. 그저 그 여성에게서 나올 수 있는 가장 선한 것이 지연되었다가 마침내 언어가 되어 나왔다고 생각해 축하 문자를 보냈다. 그녀의 시집을 읽어보라. 없는 듯 있는 미풍이 부는 숲속이나 외딴 정원을 걷고 난 후의 여운처럼 한 편 한 편이 향기롭다. 그 내적 풍경은 자연 속에서 조응을 찾는다. 자연은 그녀의 일부가 된다. 그것은 무슨 현학적인 시론, 아니, 어쩌면 가장 고매한 시론으로밖에는 설명될 수 없는 어떤 것이다. 삶과 자연이 만나는 사랑의 시론 말이다. 안타까움, 연민, 따사함, 안쓰러움, 결여, 스산함, 다시 안타까움…… 그 풍경들의 배후에서 울려나오는 것들은 이름은 다 달라도 사랑의 시선만이 포착할 수 있는 것이기 때문이다.

진심으로 축하의 마음을 이 짧은 글에 싣는다. 그리고 기대한다.

고즈넉하면서도 연둣빛 새살 같은, 스며들며 추억의 냄새

• • •

를 나르는 바람 같은 실내악을 닮은, 앞으로 쓰여질 교향곡 제4악장을 기대한다.

차례

서문 5
추천사 7

1장

겹꽃의 자락 21
해바라기 풍금 22
중심을 수선하고 23
깊은 산방 24
철쭉의 파장 25
카페와 큰 나무 사이 27
빗줄기 연꽃에 떨어질 때 28
말은 없었다 29
어떤 원시 30
막膜 31
연잎 아래 감 두 알 33
흑백사진 34
식물 띠 35
잠, 오래된 36
산목련 37

유리창 그림자 38
빌딩의 밤 39
봄의 등 40
해독되지 않는 오후 41
저문 비 42
달개비 43
봄비를 신고 44
눈물에게 45
처서處暑 46
별의 허물 47
허공이 자란다 48
가을 기억 49
오래된 습관 50
세모歲暮 52

2장

혹시 시 55

편집실 오후 56

편집자 일기 58

돌이 자란다 59

상추와 비 60

뜨끈한 싸움 61

듯 63

달의 무대 65

시인 1 67

시인 2 68

김치찌개 70

자꾸만 귀가 젖는다 71

투명 미장원 73

우수 雨水 75

일상 소나타 76

토란잎에게 77

미니어처 78

개망초 1 79

개망초 2 80

낯설어지는 새벽 81

빈 달 82

느림 83

들켰다, 참새 떼 84

3장

하얀 새 87

빗소리 음愔 88

붉은 말 한 송이 89

백로白露 91

내 남자가 쉬고 있다 92

돌아온 꽃잎 94

도선사 95

같이 가자 96

아버지의 노을 97

비구상의 계절 98

개망초 3 99

꽤 쓸쓸한 깃털 100

살냄새 102

마루의 눈 103

형제 104

연둣빛 불안 106

경칩驚蟄 108

내 안에 남자 있다 109

울음의 법칙 111

마지막 달력을 뜯다 112

해설 흐르고 번지며 스며들어간 시간의 흔적들 113

1장

겹꽃의 자락

나이 먹은 봄이 오고 있어요

이 봄이 마지막인 듯
화사한, 꽃들

웃지 말아요

그 봄과 그 봄 사이
색은 바래고

승복을 입은 당신이 끌고 온
주름진 햇빛

늙은 봄이 오고 있어요

꽃을 슬퍼하는 건
내 오래된 지병

아버지 그림자로 핀 겹복사꽃
꿈속의 꿈을 꾸어요

해바라기 풍금

풍금향響이 문틈으로 번진다

자고 있는 사이 조금 더

고개를 숙인 아침

말간 해풍에 말린 수건으로 얼굴을 닦고

바다 꽃으로 서 있네

문틈으로 빼꼼히 내다보며

미안한 듯,

말 없는 풍금은 빈집을 울리고

그대와 나 사이에

파도가 한 음 더 자라났네

중심을 수선하고

느티나무 그늘 아래
장난감 같은 집으로 들어가면
삶의 감찰자 같은 이가
신발을 받아든다
마치 위장이나 간 혹은 비장 속을
들여다보듯 신발을 살피다가
여지없이 거꾸로 뒤집어
삶의 예각을 드러내 놓는다
건너편 은행 회전문은 사람들을 차례차례 삼키더니
고단한 발만 토해낸다
뒤축을 수선하는 동안에도 시간은 가고
영혼의 무게에 눌려 한쪽으로 기울던
받침대는 뽑혀 나간다
반듯하게 중심이 잡힌 새 구두 굽이 끼워지면
이제는 잘 걸어보리라 다짐하고
한 발 한 발 내딛는데
나에게 중심을 외쳐주는 저이는 누구인가?
잠깐 꿈을 꾼 듯
내 중심을 수선하고 돌아보니
느티나무는 날개를 펄럭이며
다시 날아오른다

깊은 산방

가파른 길
대나무 문을 지나
천불보전

각황전 옆에
홀로 터지는 홍매화

빗줄기 도닥이는
저 산굽이

먼 산의 침묵으로 빗장 지른 산방

물안개가 벗어놓고 간 댓돌 위
고무신

철쭉의 파장

절간의 단청
원색의 분홍과 연두가 칠해진 벼랑
어머니는 깊이 깊이 절을 하다 멈춘다
엎드린 등이
여린 꽃잎처럼 흐느낀다

너는한국사람이다너는슬픈사람이다

비탈진 색깔, 최초의 입력
협박하는 색을 꾹꾹 눌러 삼킨다

새색시 같고,
전쟁 같고,
미친년 같고,
지옥 같은,
원색의 괴로운 파장

분홍이 휘는 쪽으로 연두도 끌려가고
튕겨져 돌아와 내가 흔들린다

그 길을 따라 철쭉꽃 속으로 들어가면
아주 작은 여자아이가 서 있다

카페와 큰 나무 사이

덕수궁에 간다는 것이 경복궁을 갔다
오래된 나무들이 서 있는
카페에 앉아 있고 싶었나 보다
이젠 궁 안의 비밀이 더 이상 궁금하지 않고
속 빈 달,
내 사십의 달마냥
그저 빈 궁을 감싸고 있는 나무들이 보고 싶었나 보다
연한 아메리카와 카페 유리창 사이
카페 유리창과 키 큰 나무 사이
키 큰 나무와 궁의 돌담 사이 거리를
사람들 마음의 간격처럼 바라보다가
그러니까 그것은 오 분이나 십 분 늦는 것처럼
그리 큰 잘못은 아니다
덕수궁 현대미술관에 모인 사람들도
대가의 작품을 거리를 두고 바라보고 있었으리라
넓은 고궁의 마당에 서 있을 그들처럼
간격을 두고 배치된 테이블 끝에 앉은 나처럼
아까의 그 거리는 줄지 않았다
가슴에 텅 빈 달이 뜨는 동안
카페와 큰 나무 사이만큼 또 거리가 생기고 있다

빗줄기 연꽃에 떨어질 때

어두운 밤에도 먼 산이
바라보고 있다는 걸 몰랐다

새벽 물가에 비치는 연둣빛 나무가
듣고 있다는 걸 잊었다

지구가 돌아가는 소리는 들리지 않고
땅벌레의 속삭임도
나의 파장으로는
잡을 수 없었다

보여?
들려?

아침 빗줄기
세침처럼
연꽃잎을 찌르는 소리

말은 없었다

여자는 목감기를 핑계로 입을 다물어버렸다
남자는 요리를 하였다
아침을 먹었고 점심을 먹었고 저녁을 먹었다
남자는 아들 방에서 잠이 들었고
여자는 침대에서 몸을 뒤채며
마음껏 목감기를 앓았다
하루 그리고 이틀
시간이 되면 남자는 밥을 먹으라고 하였고
여자는 어쩔 수 없이 수저질을 하였다
남자가 용기를 내어 커피를 내밀었고
여자는 베개를 침대머리에 받치고 앉아
무거운 커피잔을 받아 들었다
창밖 먼 하늘에 닿아 있는 남자와 여자의 시선
그들은 멀고 높은 곳에서 마주 섰다
커피는 증발하듯이 아주 조금씩 줄어들었고
그만큼 시간도 자국이 남았다
여자는 듣고 싶은 한 마디 말을 생각하였고
남자는 하고 싶은 한 마디 말을 떠올렸다
여자는 자꾸 잠이 왔고
남자는 새로운 담배 한 갑을 뜯고 있었다

어떤 원시

여자 사람이 사람을 낳고
살아 있는 쌀을 먹고
아이가 자라고
남자는 창을 들고 먹을 것을 찾는다
기억한 것들을 돌에 그리고
암석 옆에 무릎을 고이고 앉는다
암반수 떨어지는 소리
동굴 안에 울려 퍼지고
두려운 수정체에
날 선 순간이 다가온다
아무 일도 일어나고 있지 않다
존재를 느낄 뿐

막 膜

1.

두 겹으로 보인 것은 다행이었다

깍두기를 항우울제처럼

입안에 넣는 여인

설렁탕, 해장국, 도가니탕

뭇매를 맞은

포유류의 살갗 같은 메뉴

미끄덩한 물기가 있는 곳으로

겹친 차가 후진을 하고

두 겹의 부부가

설렁탕집으로 들어간다

2.

나와 나 사이의 완충지대

저 투명한 막

그대와 나를 간신히 살려주는

저 얇은 막

아프다고 생각했다,
맞닿을 수 없음이

문득 무서웠다,
수면처럼 잔잔한 막 너머
저편 죽음

들여다보던 살이 살 속으로
아, 그 태초를 감싸는 양수의
막膜

연잎 아래 감 두 알

저렇게 농익을 때까지
한자리에 얼마나 앉아 있었던 것인가

비명도 지나가고
한숨도 지나가고

너를 낳아준 어머니의 한숨이야 말할 것 없겠고

터질 것처럼 붉은 해 두 알
업보를 다 덮어줄 푸른 손바닥

때 된 것들의 만남
향기가 낭자하다

흑백사진

길에 비가 내리고 바람이 불고
우리는 커졌다
우리는 커졌다
누군가 우리를 키웠다
우리를 키운 손을 하나 둘씩 묻었다
손이 커진 우리가 힘을 합하여
산소를 다지고
둥근 집을 만들었다
봉분을 다지던 손을 씻고
길게 드러누워 가슴속 흑백사진을 꺼낸다

식물 띠

사람들과 요즘 이야기를 나눌 때면
저이의 식물 띠는 무엇일까 생각하는 버릇이 생겼어
파릇파릇 솟아나고
쑥쑥 자라나는 아이들을 보고 있으면
절로 식물들의 이름이 떠올라
푸르고, 향기로운
금방 물기를 툭툭 떨어뜨리는

꽃 핀 정원을 쪼그려 앉은 여자아이는 빨간 딸기 띠
환호성을 지르며 미끄럼틀을 쑥 내려오는 저 사내아이는 초록향의 오이 띠
풍성한 엉덩이를 깔고 앉아 수다를 떠는 저 아줌마들은 토마토 띠
지팡이에 의지해 졸고 있는 저 할머니는 가을을 끌고 가는 홍시 띠

그렇다면 나는?

잠, 오래된

남자가 잠들려고 하면
소리 나는 의자에 살며시 앉아
맨살이 드러난 그의 다리에
얇고 부드러운 담요를 덮어준다

가만히 귀 기울이면
길어지고 낮아지는 숨소리
일렁이던 내 마음에도
수평선의 안식이 찾아와
먼바다처럼 고요히 가라앉는다

격자창과 나 사이에
한풀 기운 햇볕이 찾아오고
잠시 남자 몰래
오후 빛과 마주한다

부드러움이 방 안 가득하고
남자와 여자와 오후 빛이
둥글게 하나가 된다

산목련

뜨거운 김이 한소끔 나가기를 기다려
산목련 꽃차를 우려 마시던 날

꽃향기 끝도 없이 번져
자꾸 마음을 들여다보던 날

머무는 곳 없는 향기 때문에
자꾸 허공을 바라보았던 날

산그늘 한 자락
당신이 떼어놓고 간 발자국마다 스며들던 날

유리창 그림자

나무 한 그루 그리니
하늘은 절로 생겨났다

빈 가지 위에
그대 고단한 마음 머물 집

낙엽 타는 향이 들리는,
첫 눈송이 사이로 숨을 쉬는,
새들의 곡선을 따라 붓을 긋는,

빗줄기 잡아 격자창을 세우는 집
파란 하늘에
나무째 걸어놓은 집

마음 밖에 두었더니
그대는 어느새 내 속눈썹 끝에 내려앉았다

나는 어깨가 기운 그대를 위해
봄이 오는 나무를
세필로 그리고 있다

빌딩의 밤

공기도 잠든 밤, 빨간 원피스에 노란 머리, 세련된 턱 고임, 그 옆에 커피잔을 놓고 있는 중절모를 쓴 남자, 그림이다, 숨 쉬지 않는 그림

전깃불도 잠들었다, 켜져 있으나 빛나지 않는다, 죽은 듯 살아 있는 빌딩 지하 노천식당 사람들, 밀랍 인형들에게 눈을 맞추는 하얀 요리사

빈 창이 그를 투명한 내장으로 바라본다,

봄의 등

진달래 점점이 끌고 가는 노회한 봄

한 마리 새 머리에 이고

빈 새집을 바라본다

해독되지 않는 오후

아들도 자고 남편도 자고
혼자 삶은 밤을 소리 없이 파먹고 있다
컴퓨터의 커서는 깜박깜박 모스부호를 보내고
나는 살진 밤벌레처럼 언어를 키운다

창밖 낙엽 진 놀이터의 한 아이
문득 그 아이에게 밤을 먹여야겠다고 생각했다가
다시 돌아와 컴퓨터 앞에 앉는다

그 아이가
나인지, 아들인지, 아비인지
해독되지 않는 부호를 보내고
나는 살 살
아주 살 살
키보드를 두드리고 있다

늦가을 햇살이 부러질까 봐!
쉿,

저문 비

낮은 음에 맞춰 천천히
엉겨 붙는 비

느린 박자로 걸어가는
가을날 포도 위에
빗방울 떨어져 먹물처럼 번진다

완경에 접어든 여인의 달거리처럼
간절히 중얼거려도
아무 소용없는

달개비

새끼가 울자
어미새가 몸을 낮춰 날아들었습니다
빗방울은 나뭇가지를 흔들어
깊이 잠든 뿌리까지 깨웠습니다
천지홍황
어미와 새끼의
투명한 울음이
떠다니는 공간
달개비 한 송이
이른 아침을 터트리고

봄비를 신고

잿빛 하늘에
고요히 피어나는 자목련
불립문자 속으로 들어가는
꽃배를 타봐

저 산굽이를 보라구
빗줄기도 참선에 든
대웅전 뒤를 보라니까

깊은 골짜기
메아리도 묻어둔 풍경소리

나무 아래
벗어놓은
꽃들의 고운 발자국

울지 마,

눈물에게

언제부터 증발한 것인지
드러나버린 바닥에 소리 없이 금 가 있다
생강꽃 필 때까지 기다린다더니
겨우내 참다가 실금을 남겼다
안전장치는 아무 소용이 없고
깊은 밤 홀로 깨어도 눈물은 나지 않는다
흐르는 계곡에게 물어도
젖무덤 같은 산봉우리를 안고 있는 하늘에 물어도
그들은 답하지 않기로 약속한 듯했다
산을 그 자리에
계곡을 제자리에 다시 앉혀놓고
올려다본 하늘
차갑지는 않았다
그제야 겨울을 그렁이던 한 방울
실금 타고
고인다
너는 모르지?

처서處暑

뜨거웠던가
얇은 옷자락은 아직 발끝에 걸쳐 있다
그림자 빠져나가듯
잡을 수 없는 해거름
저물녘 집으로 돌아가는
연인의 뒷목처럼
가늘고 짧은,
닿을 것 같아
손을 내밀다 멈칫
다시 거둬들인다
욕망으로 부푼 사과에
쓸쓸한 단맛이
한 자락 바람처럼 배인다
놓아주어야 자란다
맡긴다
햇빛과 바람에

호미질보다
기도가 길어지는 시간

별의 허물

몸살로 두어 시간
깊은 잠에 들었다 깨었을 때
집에는 아무도 없고
나 혼자 어느 외로운 별
침대라는 곳에 누워 있다
거실로 나오니
수묵화 같은 산 아래 반짝이는 저 불빛들
역시 생경스럽다
매일 보던 산도
불빛도
해 질 녘도
나도
집도
몸살도
낯설다
나는 또
내 마음의 항로
어느 지점을 거쳐
또 다른 별자리로 이동하고 있다

허공이 자란다

아버지
시인들이 아름답게 무너져가요
겨울 햇살에
그들 어깨 한 귀퉁이
삭아 부서져요
탑의 모서리가
풍화되는 시간
허공은 아이 손톱만큼 늘어나요

가을 기억

잠자리 한 마리 잡으려고
손가락 동그라미 그리다

잠자리 눈동자 마주친 순간
세상엔 잠자리 눈동자와 나뿐

잠자리와 나를 뺀 허공엔
가을이 가득

오래된 습관

땅거미가 숲 속으로 잠복하는 하산 길
나무 사이를 유영하는 저녁 안개를
내 영혼처럼 바라보는 것도,

거리의 악사 앞을 선뜻 떠나지 못하고
오카리나 선율을 따라가는 것도,

환한 햇살에서도 몸속으로 비가 내릴 때
허무한 담배 냄새가 짙게 밴
아버지 품속을 그리워하는 것도,

깊은 밤의 싸한 한기를
채워지지 않는 허기 속으로 집어넣으면
마음은 늘 겨울을 사는 것도,

오래된 습관입니다

이 무딘 시간 딛고
날을 세운 칼날로
누군가에게 날카롭게 스미고 싶다는 생각도,

오래된 습관입니다

그러나 단상 속을 헤매다가도
현실의 무게로 드리워진 미끼를 보면
낚아채듯 입질을 하는 것도
결국 오래된 습관입니다

세모 歲暮

우주 공간에
작은 방 하나

옆방엔 나의 도반이
깊은 침묵에 들고

나도 조용히 문을 닫는다

한 해가 지나간다

2장

혹시 시

불두화 피었다
꽃!
피었다 지는 일이 천지의 이치건만,
아프다
머문 듯 흐르는 세월과
밤 가시처럼 박힌 일상의 치열함이여
저 꽃송이 안의 진땀,을 위해
합장!

편집실 오후

빨간 펜은 위급한 수정
끝나지 않는 긴 철로를 그린다
오후 2시 식곤증 위를 자판의 ㄴ ㅈ ㅎ ㅍ이 떠다니다
긴 하품의 끝자락을 돌아서 오면
진실한 것은 지루한 것이다

오늘의 주제는 지구의 온난화와 빈부의 격차
그리고
자신만 힘들다고 생각하는 위험한 사람들
들꽃같이 작은 글자들을 평평한 책상에 눕혀놓고
편집실 문을 나서면 아직 대낮
문자 속에 감금되었던 세상이 비로소 물체로 나타나
자동차의 배기가스
빈부 격차가 살아 숨 쉬는 시장
부풀린 옥수수 빵 냄새
종이 속에 갇혀 있던 글자들이
내 가는 길에 앞장을 선다

빨간 불빛 아래 수정할 저녁 식탁
다시 내일 감금할 글자들의 세상을 생각하면서

지하철역 속으로 빨려 들어간다

나 또한 잘못 붙인 자음이든지 혹은 모음이든지

편집자 일기

남자는 느리게 낙엽을 쓸며
떨어진 가을을 도닥인다
주차장 모퉁이
회색빛 텔레컴 전파수신 중계기
뜨겁고 숨 가쁜 말들을,
가슴 복판으로
절실하게 그러나 느리게 전달한다
말이 도착하는 순간
파장이 이는 수신기
전압으로 전해진 그의 말에
가슴까지 달아오르는 것은 금물
과열방지 시스템은 사시사철 작동 중
남자는 물들지 않는다
단풍은 사방으로 타오르고
색깔 없이 그는
가을을 걸어간다

돌이 자란다

몇 날 동안 시 한 편 못 쓴 것이
어찌 내 탓이랴
그건 팔랑이는 나비의 떨림,
물결 져 흐르는 하얀 데이지의 출렁임 때문

단단한 아파트 창틀 너머
청태 묻은 흰 구름이 오가고
나는 얇은 옷을 입은 채
그들의 들고 남을 혼자 바라볼 뿐

시가 써지지 않는 밤 그들이
하릴없이 문 열어놓고
나를 바라보고 있었듯
그저 기다리는 밤이었듯

기다린다,
돌이 자라기를
내 엄마의 엄마가 그랬듯이

상추와 비

나는 상추 씻기를 좋아한다
싱크대 물을 분사기로 틀어놓고
연둣빛 잎사귀 하나 하나를 돌려가며
씻고 있노라면
싱크대 주변으로 물방울이 튕기고
앞섶도 통통 물방울에 젖는데
그때는 상추와 같이 비를 맞는,
호호 깔깔 연둣빛 비를 맞는 기분
시간은 광속으로 후진하여
나를 모충동 텃밭 상추 모종 앞에 앉히고
감나무 연둣빛, 죽순나무 연둣빛
대추나무 연둣빛에 싸여
바라보는 상추
상춧잎 아래쪽을 뚝 꺾으면
하얀 진물 나올 때까지
쌉싸름해질 때까지 내 친구
초여름 시작부터 가을 초입
상추 대궁이 키 커질 때까지 내 친구
연두색, 연두색 내 친구
같이 비 맞는
연둣빛 물방울 튀는

뜨끈한 싸움

싸움 같지도 않은 부부싸움을
뜨뜻미지근하게
엉킨 실타래처럼 풀어놓고 있던 밤
단잠과 싸움을 놓고
단잠을 택하고 싶어 꺼낸 이야기가
다시 엉키기 시작했다

오가는 말이
이제는 소설이 아니고
맞지 않는 시구를 쓰는 형국이 되었으니
여자가
—가슴이 답답해, 가출하고 싶어
누워 있던 남자가
—가출보다는 밥이 해결되는 출가를 해

등을 마주 대고 돌아누워
먹은 밥과 먹어야 할 밥
먹여야 할 밥에 대해
그릇의 크기에 대해 생각하다가
엉킨 실타래를 밥그릇에 넣고

가슴으로 안아 보는데
긴 밥그릇의 역사
모락모락 김이 나며 누구의 피가 됐을 밥

한 귀퉁이 남겨져 차갑게 뒹굴다
뜨거운 물에 말아졌을 밥
같잖은 부부싸움에
말없이 뜨끈한 몸을 들이미는 밥
오늘도 만국공통어인 이 밥 때문에
싸움은 시시하게 끝나고 만다

듯

—결혼 24주년 기념일에

고수鼓手가 되고 싶었다

그가 창을 할 때

나는 추임새를 넣고

내가 소리를 할 때

그는 나의 박자가 되기로 했다

무수히 맞추려 했던 24년의 가락은

언제나 빗나가는 듯했지만

세월의 조율로

맞는 듯 보이기도 했는데,

가끔 우리는 맞는다고 우기기도 한다

듯한 것이 미안하여

눈을 마주 보지 못하고

달의 무대

해가 지는 저녁
나이 든 시인의 시 낭송회가 있던 밤
몇몇은 진행하느라 이리저리
눈과 마음이 가고
몇몇은 그저 의자에 등을 기대고
찬찬한 시의 부름에 발을 들이는데

가끔 눈 들어 보는 창밖은
허리 너머까지 노을이 붉게 차오르고
한 편의 시가 시간을 저만큼 돌려놓는가 하면
한 편은 마음속 저 밑으로 어둠을 끌어들이고
또 한 편이 낙엽 숲을 헤매는 동안
한 편은 뽀얀 얼굴을 짓고 있었다

꽃다발이 공복으로 기울고 있을 즈음
즉석에서 마련된 시인 남편의 시 낭송이 남았는데
짓궂게도 시인이 쓴 〈미리 쓰는 유서〉를 읽는 것이었다
저녁 창만큼이나 정갈한 그의 목소리
시인이 죽은 후 시신을 기증한다는 대목에서
그만,

목이 메고 말았는데

배 속은 비고
마음은 말갛게 비추는데
둥싯 떠오른 달이 핀조명처럼
슬며시 잡은 부부의 손을
말갛게 비추는 저녁이었다

시인 1

시집을 이천 부 찍었는데
자기 부인이 물어보면
천 부만 찍었다고 말해 달라는 시인이 있었다
홀로 계신 아버지께 용돈을 드리고 싶다고 하였다
고운 마누라라도 눈치 보인다고 했다
모두 공모하여 하얀 봉투에 넣어 건넨 인세는
까만 양복을 입은 시인의 안주머니에 들어갔다
시인은 고맙다며 점심을 사고
다음날 와서 점심을 또 사고
그 다음날 와서 점심을 또, 또 샀다
그때마다 시인은 첫날 양복 주머니에 넣은
하얀 봉투에서 돈을 꺼냈다
자꾸 자꾸
눈감아준 그날이
고맙다고 하였다

시인 2
—보석처럼 쓸쓸한

그녀가 시인이었고
내가 시인이 아니었을 때,
치매에 걸린 어머니가 돌아가셔도
슬픈 내색조차 하지 않던 그녀가
파란 루비 목걸이와 반지가 든
보석상자를 내 앞에 밀었다

옥탑방을 달구던 뜨거운 여름 태양
고양이로 다시 태어나고 싶다던 그녀,
먹이를 주던 들고양이들이
사방에서 어두운 숲처럼 눈을 떴으나
나도 그녀처럼
보석상자를 모른 척했다

그녀는 자신의 슬픔을 거절당한 듯
얼굴이 먹물처럼 번졌다
떠나버린 어머니를 흉내 내는 것 같아
나는 그 놀이에 제동을 걸듯
아무렇지도 않게
보석 대신 그녀의 남은 삶을 담보로 잡았다

우리도 어느 날엔가는

서로의 보석을 거절할 수 없는 날이 오겠지

말보다 행간이 긴 시를 쓰는 것처럼

전화하는 시간보다 생각하는 시간이 긴 지금처럼

지금이 오고 말겠지?

김치찌개

여름날 엄마 몸에서 나던 쉰내 같기도 하고
내 배를 문지르던 외할머니 손 같기도 한
저 쿰쿰한 냄새
둥둥 떠다니던 시간 갈앉히는 냄새
나를 위해 김치찌개를 끓인다
태어나 몇 번째 감기인지 모르겠지만,
치료약으로 돼지고기 몇 조각 넣은 김치찌개를 끓인다
밴드를 붙인 엄지손가락에 물이 들어가지 않도록
아홉 손가락으로 행주를 짠다
날은 흐리고
차들의 속도는 느리다
게으른 오후
2시 넘어 김치찌개가 끓는다
부글부글 삶의 실체를 알려주는,
가지런하게 마음을 정리해 주는 냄새
엄마의 엄마의 엄마, 엄마의 엄마가
끓였을 오후 2시

자꾸만 귀가 젖는다

아파트 문 밖에 물청소하는 소리가 들린다
출입문 틈을 막고 빠르게 물을 뿌리며
솔로 박박 문지른다
아래층 계단으로 물이 내려가기 전에 청소를 마쳐야 한다
아파트 문을 굳게 닫고 더 안으로
나는 저들의 성실이 무섭다
커튼을 하나 더 내리고 마음의 골방으로
웅크려 들어간다
나를 침수시키려는 물소리를 듣지 않으려
감미롭고 클래식한 음악을 튼다
선율이 강물처럼 일렁이는데
귀는 가끔씩 바닥을 문지르는 솔질 소리에 기운다
박박박 서로를 긁어대던
아들, 딸, 남편, 아내, 어머니, 아버지
어떤 음악도 저 소리를 넘지 못한다
나는 저들의 솔질이 무섭다
가난에서 살짝 비켜난 아침
나의 가난은 어디에 있나?
묵은 피로 씻어내겠다고
배짱부리며 침대 붙들고 있던 오전

현관문 사이로

아버지의 꼬장한 기침소리가 스며든다

투명 미장원

미장원 거울은 마음까지 잘 보인다
그녀의 손에 칼과 가위가 쥐어지면
꼼짝없이 나는 유리컵에 올라타야 한다
몇 번 손길이 오르내리고
그녀는 포박당한 나에게
속마음을 털어놓는다
그녀 남편은 다시 주식을 해서 집마저 날렸고
새로 고친 집에서 담배를 피웠으며
술을 먹고 한 얘기 또 하고 또 하다가
프라이팬으로 얻어맞기도 하고
어느 뒷골목으로 사라졌단다
웃음이 싹 가신 그녀의 얼굴
이쯤 되면 내 머리 모양과
그녀 마음을 번갈아 살피며
나는 발등에 떨어지는 머리카락을 바라본다
윙, 드라이어 소리
이쪽저쪽에 바람을 쓱쓱 불어넣으면
우리의 알 수 없이 깊어지는 공모의 시간
늘 그렇듯
"이놈의 솜씨는 줄지를 않아"에

"이놈의 미모는 늙지도 않아"로 받아친다

유리창 밖 사람들이

환히 웃는 우리들 속을 무표정하게 들여다본다

우수雨水

아파트 베란다
물 한 방울
떨어진다

연둣빛 풀들이 옆으로 눕고
바람은
바람을 뒤척이고
사라지며 실금을 남겼다

잊혀진 꿈의 동굴
억겁의 종루를 타고 모인
한 방울

내 안에 얼었던
큰 울음 하나
어렵게 몸을 푼다

일상 소나타

양치를 하고
세수를 하고
스르륵 걱정에 빠지고
근심을 타고 넘고 타고 넘고
잠깐 음악을 듣고
탱고를 추고
커피를 마시고
연한 화장을 하고
눈을 한번 바라보고
잠시 희뿌연 안개에 싸인
붓다를 생각하다
전화를 받고
손은 설거지를 하고
마음은 그사이 참 멀리도 다녀오고
전화를 할까 하다 그만두고
유명 콩쿠르에서 우승했다는
젊은 아이의 말에 귀를 기울이고
잊었던 기도를 하고
정리해야 할 물건이 든 가방을 메고
있었던가 싶은 어제와
오고 있다는 내일을 건너는

토란잎에게

내 한숨을 먹으며 자란 토란잎은
내 근심거리보다 얼굴이 더 커졌다
저 넓은 잎에 무거운 마음을 많이 기대었다
녹색의 이파리는 내 어두운 얼굴을 이리저리 굴리다
바닥에 쏟아버리곤 했다
그때마다 나는 조금씩 가벼워졌다

미니어처

오후 해가 살짝 비껴가는 시간
유끼꼬는 책을 읽어주러 왔습니다
소꿉 같은 작은 찻잔에 오후 햇살을 마시며
일본 동화를 들었습니다
우리는 그녀의 약간 어눌한 한국어 발음과
실감나게 읽으려는 몸짓을 흘깃거리며
꽃과 구름을 차로 만들어 귀신에게 파는
장사꾼 이야기를 들었습니다
그 장사꾼은 고민이 하나 있었는데
귀신에게 차를 팔았는데
아침이면 귀신이 사라져 돈을 받을 수 없다는 것이었습니다
한바탕 웃음 꽃잎이 날리고
우리도 구름으로 만든 차를 작은 찻잔에 부었습니다
유끼꼬는 책을 팔고 저녁노을을 건너갔습니다
웃음도 잦아드는 저녁
찻값을 떼먹고 사라진 귀신과
허탈하게 찻물을 다시 올리는 장사꾼 이야기가
왠지 남의 일 같지 않아
나도 그림처럼 책 속으로 들어갔습니다
동화책 갈피 속으로 하루가
가볍게 넘어가고 있었습니다

개망초 1

아파트 시멘트벽을 뚫고 잡풀 씨 하나 들어와
빈 화분에 자리를 잡았나 보다
연두 잎 뾰족이 내민 저놈
장미와 함께 조금씩 물을 끼얹어 주었는데
햇빛이 비춰드는 오전이면
보송한 솜털까지 빛내는 것이다
오늘 뽑아야지, 내일은 뽑아야지
하루 이틀 지나는 사이
장미의 키를 훌쩍 넘어 서 있다
위태로운 꽃대에 쏘옥 얼굴을 내밀더니
실같이 하얀 꽃잎을 동그랗게 그려냈다
오른쪽으로 피는가 했더니 왼쪽으로도 피고
앞쪽으로 피는가 했더니 뒤쪽으로도 피어
사방 균형을 잡고는,
살랑 살랑 바람을 타고
흔들 흔들 놀고 있는 것이었다
이 세상 몇 개의 이름을 알고 있는 나를,
비웃듯이 꽃 피우면서

개망초 2

아무래도 위태롭다 했다
제 머리 위의 왕관 같은 꽃이 너무 무거워
그 꽃은 오른쪽으로 살짝 기울었다
설거지를 하며
귀를 막은 사춘기 아들놈과
입씨름을 하며
눈은 그 꽃을 살피고 있었다
연둣빛 잎사귀 위에 하얀 그림자
실같이 가늘고 동그랗게 피웠던
제 꽃잎을 받고 있었다
살기 위해
살기 위해
떨어뜨려야 하는 저 속도
실 같은 하루의 시간이
꽃잎처럼 떨어지고 있었다

낯설어지는 새벽

막차는 나를 내려놓고 가버렸다
매일 보던 식료품 가게가
텅 빈 마음처럼 창백하고
눈앞의 중산 주공 아파트 201동도
아득히 멀게 느껴진다
버스를 잘못 탔거나 잘못 내린 것처럼
하루 동안 너무 먼 항해를 끝내고 돌아온 것처럼
자정을 넘긴 변두리 삶이 낯설다
새벽 공기와 하늘에 빛나는 별
저만치에 있는 집 사이 선을 그려보아도
한 번씩 소리 없이 사라진다
고향도 낯설어지면 어쩌나
중산마을이 지구의 둥근 변으로 솟아오르고
나는 속수무책 궤도를 잃는다
하루의 막차는 다음날 새벽에 끝난다는 걸
속으로 주억거리며
알 수 없는 이치는 이치대로
나는 나대로
고요하고 찬 새벽안개를 걸어간다
자꾸 한 번씩 사라진다

빈 달

해 질 무렵 한 남자가
종이컵에 술을 들고 넘어진다

통통한 아이의 환한 얼굴 뒤에
아이 엄마의 초췌한 얼굴

달이 취해 비틀거리며
백운대 위로 떠오른다

이제야 안다
누군가에게 추석 보름달은
속이 텅 비었다는 걸

술 한 잔 걸쳐야
비로소 환해진다는 걸

느림

기차는 빠르게 달렸습니다
간이역에서는 아주 잠깐 섰습니다
장난처럼이요
내가 놀이를 하듯 얼른 내리자
기차는 놀이를 멈추고 무섭게 내달렸습니다
간이역엔 환한 햇빛이 쏟아지고
정지된 듯 나는 그 자리에서 움직일 수 없었습니다
알 수 없는 고요가, 아니 느림이 다가왔습니다
아주 천천히 흔들리는 들꽃과 눈을 맞추고
다가오는 바람과 얼굴을 부볐습니다
바람의 발자국을 따라 오솔길로 접어드는
나의 걸음은 결코 빠르지 않았습니다
굽은 소나무의 등줄기 너머로
멀리서 흐르는 냇물소리가 아주 작게 들렸습니다
나뭇가지는 이번 바람에 두 번 춤을 추었습니다
점점 느림 속으로 빠져드는 오후
오솔길이,
등 굽은 소나무가,
작은 시냇물이,
내 두 발에 살며시 스며들고 있었습니다

들켰다, 참새 떼

무심히 내다보던 창밖
나뭇잎들이 갑자기
확, 떨어졌다

눈을 크게 뜨고 바라보니
나뭇잎들은 다시
허공을 차고 날아올랐다
참새 떼였다

잠시 흘려놓은 생처럼
나뭇잎이 떨어질 때
내가 버린 나에게 놀란 마음은
빈 하늘을 쩌엉 갈라놓았다

들켰다, 참새 떼에게

다 내려놓은 척
허공을 차고 올랐던 시절을

3장

하얀 새

저녁 밥상에 올려놓은
흰밥을 먹다가
문득 쳐다본 창밖
짙은 어둠이 밀려드는 산자락 앞으로
하얀 새 한 마리가 날아간다
저 흰색의 새가
왜 인간의 영혼이라는 생각을
갖게 되었는지는 모르겠다
이모나 엄마, 아버지,
속절없이 떠난 언니의 영혼이라고
믿는 저녁

빗소리 음愔

비 오는 날 엄마 아버지는 싸우지 않는다
그것은 한숨 소리
천년을 살아야 할 새들의 근심 같은,

마루 너머, 담 너머 마을
낮은 산과 하늘의
경계를 문지르는
저 소리

긴 속눈썹의 평화로운 물기와
입술의 온기를
두드린다, 젖어든다

깨지 않은
고대의 푸른 새벽 문을

붉은 말 한 송이

죽은 나무를 타고 능소화 피어올랐다
넓은 마당 한 켠에 의자 세 개
사람들이 앉자 그곳은 풍경이 되었다

오늘은 어제의 끝자락을 잡고
어제는 그제의 끝자락을 잡고
그렇게
잡고, 잡고
붉게 피었다

풍경 속으로 들어간 내가
스며드는 생각의 깊이로
허공에 얹혀 흐를 때
누군가 나의 등을
툭,
때린다

돌아보니
땅에 떨어진
능소화 한 송이

너는 왜 춤추지 않니?
너는 왜 노래하지 않니?

아버지가 죽은 몸으로 내게 등을 대주고 있었다

백로 白露

엄마와 나란히 누워 자면
밤사이 엄마의 가슴에서 이슬이 나와
자식의 가슴으로 들어간다는데

가만히 바라보는 잠든 엄마의 얼굴
저문 눈 끝에 맺히는 투명한 기도

밤낮의 고개를 넘나드는 저 빛나는 이슬

내 남자가 쉬고 있다

삶을 믿는 한 남자가 있었다
그의 등 그림자에는 라흐마니노프가 흐르고
낯선 곳을 향하여 떠나는 바람에선
아카시아 치약 향기가 났다
그는 오래된 세무점퍼를 입고
두꺼운 책 속으로 걸어 들어가곤 했다

책방 문을 닫던 날,
그의 눈동자엔 하현달이 맺히고
11월의 바람은 삶의 신비를 묻어버렸다

가끔 전해주던 그의 시는
온라인 입금표나 달랑거리는 통장의 잔고로 바뀌었다
알람 소리에 맞춰 시계 부속처럼 째깍째깍 일어난 그도
규칙처럼 아침 소변을 쏟아냈다

내가 그리워하는 것은
세상에 태어나지 않은 악기*를 기다리던 남자
그와 함께 나도 닫아버린
이슬 같은 신비

아침 아홉 시가 넘은 시간에도
깊은 잠에 빠져 있다
피아노 건반 같은
반백의 햇살이
그의 머리에 내려앉는다

*김종삼의 시 〈풍경〉에서 인용

돌아온 꽃잎

언니의 제삿날은
그래,
꽃잎이 난분분 떨어지는 때
손바닥 위로
분홍색 꽃잎 하나 팔랑이며 내려앉으면
나는 그 꽃잎 그늘에 엷게 숨어들었지

봄마다 언니는 환한 분홍으로 피어나
다시 흩날리고 있을 뿐

꽃의 길목에 서 있으면
떠났던 것들은 돌아온다는 것을
봄마다 새로 배운다

도선사

남편은 말을 지우고
탑 그림자를 밟고 발길을 옮긴다

범종소리 울리고
법고소리 저녁 산에 퍼진다

달이 구름 속에서 간신히 벗어나와
말없이 그의 뒤를 따른다

윤회의 고리 속에서
아픈 발자국들이 풀려나온다

풍경소리 바람처럼 밀려온다
수로의 물소리 어둠 속에 퍼져간다

무겁게 젖어드는 그의 등
늙은 나무 그림자 부드럽게 드리운다

같이 가자

그곳은 순례의 길이라 했다
고된 명절을 지낸 남편은
러닝에 반바지를 입고
쿠션에 길게 누운 채 티브이에서 눈을 떼지 못했다
40일을 내내 걷는다는 여행자의 말이
제비의 곡선처럼 그를 들어 올렸다
그는 쉰이 되어
자신에게 처음 눈뜬 사람처럼 보였다
나에게 '같이 가자' 했지만
그 말이 건성인 것을 안다
산티아고로 함께 눈을 옮기기도 쑥스러워
슬쩍 일어나 방으로 들어왔다
거실에선 한 폭의 그림 같은 마을이
노을빛으로 진한 초록으로
순례의 길을 그려내고 있다
가지도 오지도 않은 길에
서로의 마음을 들킨 듯
가물가물 밤이 오고 있었다

아버지의 노을

낮게 해 지는 저녁
작은 의자에
휘어진 못처럼 앉아 있던 아버지
얼마나 많은 신음을
석양으로 넘기셨나요?

비구상의 계절

빈집에 볶은 김치, 물 말은 밥, 젓갈을 넉넉히 넣어 푹 익힌 알타리무, 조금 세게 불어오는 봄바람에 덜컹거리는 문, 비현실적으로 아름다운 초록. 추억이 시차 없이 공존하고 떠다닌다

문질러지고, 행구어지고, 봄볕에 말라 부서져 사라져가고

개망초 3

어깨만큼 자란 그 꽃이
이번엔 왼쪽으로 기울었다
바다 밑 섬처럼 깊고 무겁게
갈앉은 왼쪽

여든 살이 된 울 엄마는
모든 것을 거부하신다
병원도, 서울 나들이도
그런 엄마를 하루라도 더 잡기 위해
나는 집요하게 그녀의 왼쪽을 노린다

속눈썹이 물기로 내려앉던 그 밤
왼쪽 욕심마저 놓아버린
엄마의 빈틈은 보이지 않는다
모로 돌아누운 엄마의 뒷등
나는 밤새 젖은 등의 깊은 늪을 헤매고 다녔다

그 풀대 뿌리께
잎사귀 한 잎 두 잎 시드는데

꽤 쓸쓸한 깃털

큰이모는 이빨이 한 개 남았다
얼굴이 온통 주름이다
속치마가 보이게 다리를 쭈그리고 앉아
볼우물이 패게 담배를 피운다

소나기 퍼부은 뒤
산에는 작은 구름들이 걸쳐 있다
엄마의 형제들이 여기저기에
알맞게 앉아 있다. 알맞게?

큰이모와 작은 외삼촌이
자리를 바꿔 앉아도 잘 어울린다
무언가 형언하기 어려운
쓸쓸한 향기가 난다

엄마의 형제들은 눈을 마주 보지 않는다
먼 데 산을 바라보거나
물이 불은 개천을 쳐다보기도 한다

큰이모의 담뱃불 뚫린 몸빼 바지

서울 이모의 흐린 체머리와
외삼촌의 늘어진 눈꼬리
모두 같은 그늘을 안고 있다

밀려드는 어둠 위로
하얀 새 한 마리가 뭉개지며 날아가고 있다

살냄새

나이 쉰이 넘어
마련한 33평 청약미달 보금자리 아파트
화장실이 두 개
나는 눈곱을 달고 컴퓨터 앞에서 아침 일을 하고
아들 녀석들이 쓰는 화장실에서
세수를 하고 수건으로 닦으려니
수건에 물기가 가득하다
밥 벌겠다고 이르게 출근한 녀석들의
살냄새가 밴 젖은 수건으로
얼굴을 닦는다

애아빠는 새 모이 같은 아이들 아침을 차리고
나는 부엉이 같은 눈으로
늦은 시간 자율학습에서 돌아오는 놈들을 기다렸다
여름날엔 땀띠 분을 두드리고
겨울엔 기타줄이 끊어졌다
이 방 저 방의 숨소리가 섞여 잠들고
녀석들의 살냄새가 코앞에 있었을 때는
33평 아파트가 아니었다

마루의 눈

오후를 비껴간 마루 위
옹이 따라 동그랗게 파인 구멍에 눈을 대면
그늘이 만들어내는 웅얼거림

어둠이 어둠끼리 일렁거리며
비밀한 나라의 이야기를 만들었지

죽은 짜크가 되돌아와
한 번도 먹지 못했던 제 어미의 젖을 물고
어미는 따뜻한 혀로 짜크의 머리를 핥고 있었지

뒤곁에서 감잎 피어나는 소리가 들려와도
눈을 떼면 잃어버릴 것 같은
저 옹이구멍 속 망막

햇살에 꼬맹이를 맡겨두고
밖에 나간 어른들은 모르는 밀실
내 엎드린 등엔
초가의 연한 풀냄새가 내려앉고 있었지

형제

아버지가 새로 사준 세발자전거
두 살 더 먹은 형이 날렵하게 올라탄다
페달을 밟을 때마다
자전거는 탈탈탈 잘도 달린다

형은 자전거를 쌩 몰아 저만치서 구경만 하고 있는
통통한 동생 앞에 세운다

이제 갓 말을 배우는 느린 동생을 태우니
자전거는 잘 나가지 않는다
밟는 페달이 무겁다

눈치 없는 동생을 내려놓고 몰아보니
자전거는 또 쌩 잘 나간다
다시 저만치 멀어진 동생 앞으로
자전거 핸들을 꺾는다

타, 타
타아~
느린 동생이 웃는다

자전거가 또 잘 나가지 않는다

내려, 내려
내려~

타, 타
내려, 내려

연둣빛 불안

저 유혹이
어쩔 도리 없이 자꾸 눈길을 잡는 저 빛깔이
아기의 보드라운 볼처럼

그대가 피어나고
빗줄기에 굵어지고 짙어지고
허공마저 잠재울 싹이란 것을

봄의 불안 속을 걷노라면
아버지의 생이 천천히 지나가고
이복 삼촌의 미안한 웃음이 비치고
비 오는 날 새끼 낳는 돼지와
말을 주고받던 엄마가 보이고
아름다운 것인지 슬픈 것인지
지나간다는 것인지
이 매혹적인 불안

모른 채
빛에 홀린 눈은
앞산을 헤매다가

점점이 찍힌

진달래꽃 앞에서

그냥 울어버렸네

경칩驚蟄

퇴근 시간이 빨라졌다
집이 편하다고 한다

오십하고도 한 살을 더 먹은 남편에게
물었다
장래희망이 뭐냐고

텔레비전에 눈을 두고 있던
그가 옆얼굴로 말한다

사람이 되고 싶어

사람

사람

내 안에 남자 있다

아파트 건너편 겨울나무 꼭대기에
한 남자가 나타났다 사라지곤 한다
엄마가 아프다는 말에 눈물을 찔끔거리고 있을 때다
그 남자는 아파트 외벽을 도색하느라 외줄에 몸을 걸고
나타났다가 사라지고 사라졌다가 나타나곤 했다
함부로 도색이라고 말하지 말아야겠다
그건 누군가에게 외줄을 거는 일이라는 걸 내 눈으로 보았으니 말이다
너무 함부로 엄마를 불렀다
약골인 엄마 대신 내가 죽었으면 좋겠다고 생각한 적이 있었다
마당 가득 환한 햇살 쏟아지고
엄마는 방에 누워 하루 종일 아무 말이 없었다
나뭇가지로 그림을 그렸다 지우기를 열 번 스무 번
엄마는 일어날 기미가 없다
고개가 자꾸 건너편 아파트 외벽으로 돌아간다
외줄의 그 남자가 다시 돌아오기를,
엄마가 다시 일어나기를 기다리며
세상이 슬프다 이제야 알겠다
엄마는 외줄로 누워 있었다는 거

외줄로 아프다는 거

엄마는 어쩔 수 없이 외줄로 사랑한다는 거

외줄의 남자를 그 남자의 세상을 온 가슴으로 앓았다는 거

내 안에 그 남자 있다는 거

울음의 법칙

1

기르던 개 짜크가 쥐약을 먹고 죽었다고 말했을 때 큰 어둠이 덜컹 흔들렸다. 무심천 모래사장에 묻힌 짜크를 누군가 파가려 한다는 소식에 오빠들은 삽을 들고 밤이 깊도록 모래 무덤을 지켰다. 내 눈물 얼룩이 마를 때까지 짜크를 지키는 오빠들이 부드러운 물결 같았다

2

오빠들은 점심으로 삶아놓은 고구마 다섯 덩이를 두고 돼지놀이를 하자고 했다. 꿀꿀 소리를 내면 나는 허기진 입에 고구마를 하나씩 물려주었다. 마루에 쏟아지는 환한 햇살, 인간과 동물 사이가 좀 슬프다는 생각이 처음으로 나뭇결마다 스며들고 있었다

마지막 달력을 뜯다

다시 한 잎씩 떨어지는
십이월 나무

도시의 불빛을 일렁이며 지우는
그 그림자 위에 누워

나는 다시,
이슬 한 컵이 될 때까지

해설

흐르고 번지며 스며들어간 시간의 흔적들

— 한순 시집 《내 안의 깊은 슬픔이 말을 걸 때》에 부쳐

장석주(시인, 문학평론가)

한순 시인과 가느다란 인연이 있다. 그는 스무 해 전쯤 출판사 편집자로 일하고, 그가 내 원고를 받아 책을 만들었다. 우리는 편집자와 저자로 만났으나 그가 시를 쓰는 줄은 몰랐다. 그가 꽤 오랫동안 습작을 하고, 등단을 했으며, 이제 시집을 내겠다고 한다. 그가 첫 시집을 내겠으니 해설을 써 달라고 요청한다. 나는 기꺼이 그 요청을 받아들였다. 이게 한순 시인의 첫 시집에 해설을 쓰게 된 속사정이다. 그의 시들을 읽으며, 어느 대목에서는 뭉클해지고 어느 대목에서는 놀란다. 삶의 안팎을 살피는 시선은 지극하고, 이미지들은 충분히 상상력의 부력浮力을 품고 있으며, 현실에 대한 조형력은 볼 만하였다. 슬픈 정념은 있지만 신파는 없다. 신파는 감정의 낭비다. 대개는 나쁜 시적 습관이다. 삶이 아름다운 질병이라면 이 질병을 향한 담담한 관조와 깊이를 낳는 시적 숙고만이 오롯할 뿐이다. 삶의 명제와 파생 명제들이 삶

의 구체성 안에서 가지런한 것도 볼 만하다. 그는 "문질러지고, 헹구어지고, 봄볕에 말라 부서져 사라져가"〈비구상의 계절〉는 것들을 따라가며 시적 사유를 펼쳐낸다. 그의 시들은 기대했던 수준을 뛰어넘는다! 이를테면 수식 없이 삶을 담담하게 성찰한 결과를 내보이는 〈흑백사진〉 같은 시들이 좋다.

길에 비가 내리고 바람이 불고
우리는 커졌다
우리는 커졌다
누군가 우리를 키웠다
우리를 키운 손을 하나 둘씩 묻었다
손이 커진 우리가 힘을 합하여
산소를 다지고
둥근 집을 만들었다
봉분을 다지던 손을 씻고
길게 드러누워 가슴속 흑백사진을 꺼낸다

_〈흑백사진〉

시인은 거두절미하고 '손'을 초점화한다. 사람은 손으로

• • •

살아가고 남과 관계를 맺을 때도 손을 잡는다. 손은 인생을 빚고, 문명을 건설하며, 그리고 누군가를 거두어 기른다. "손은 세상과 타인을 움켜잡고 쓰다듬고 깨우고 재우고 변형시킨다. 손은 정치적이고 사회적인 육신이다."[1] 사람은 손으로 쥘 수 있는 도구들과 더불어 살아가는 존재인 것이다. 손은 도구이고 연장일 뿐만 아니라 세상과 타인을 향해 나아가는 입구다. 누군가는 제 손으로 새끼들을 거두고 양육한다. 커진 것은 머리나 위가 아니라 손이다. 세월이 흘러 우리를 "키운 손"들을 하나 둘씩 묻었다. 우리를 키운 것도 손이고, 커진 것도 손이다. 죽은 자의 산소를 다져 둥근 집을 만든 것도 손이다. 모든 삶의 시작에도 손의 노동이 작용하고, 누군가의 삶을 마무리하는 데도 손의 수고가 깃들어 있다. 죽은 자를 매장하는 것도 손을 묻는 일이다.

---

1) 김훈, 《라면을 끓이며》, 문학동네, 2015, 280쪽.

“여자 사람”의 시

한순의 시는 “여자 사람”의 시다. 이 “여자 사람”은 “아들도 자고 남편도 자고/혼자 삶은 밤을 소리 없이 파먹”〈해독되지 않는 오후〉는다. 이 “여자 사람”은 혼자 목감기를 앓고, 혼자 고궁 나들이에 나서기도 한다. 자족적이고 자립적인 감정생활을 하는 여자라는 암시다. 이 자족과 자립의 근거는 ‘간격’이다. 더 정확하게 말하자면 “사람들 마음의 간격”〈카페와 큰 나무 사이〉이다. 시인에 따르면, 이 간격은 너와 나 사이의 완충지대이고, 너와 나, 혹은 여자와 남자는 “저 투명한 막”을 사이에 두고 살아간다〈막膜〉. 삶의 준엄함 앞에서도 너와 나의 분별은 엄연하다. 이 “여자 사람”은 여성으로 태어나 남성과 결혼을 하고 아이를 낳아 기르는 존재다. 그는 “남자 사람”의 곁에 있는 짝이고, 더러는 “남자 사람”과 갈등하는 존재다. “같잖은 부부싸움”을 하고 “등을 마주 대고 돌아누워/먹은 밥과 먹어야 할 밥/먹여야 할 밥에 대해” 곰곰 생각한다〈뜨끈한 싸움〉. “여자 사람”은 일렁이는 마음을 갖거나 더러는 “먼바다처럼 고요히 가라앉”고, 부드러운 빛이 방 안을 채울 때 “남자와 여자와 오후 빛이/둥글게 하나가 된다”〈잠, 오래된〉. 이 "여자 사람"은 자기 마음 밖으로 나와 자기 마음을 들여다본다. 거기에 들여다보고 숙고할 만한 가치가 있는 무엇인가가 있다. 한국 사람으로 태어나고 슬픈 사람으로 살아가는 "여자 사람"의 내면 깊은 곳에는 "원색의 괴로운 파장"〈철쭉의 파장〉이 있다. 그 파장 때문에 "여자 사람"은 자주 흔들린다. 이 내면의 파장이 시를 낳게 했으리라. 그랬으니 제 영혼에 "말이 도착하는 순간/[영혼이] 파장이 이는 수신기"로 바뀐다고 썼을 것이다〈편집자 일기〉.

여자 사람이 사람을 낳고
살아 있는 쌀을 먹고
아이가 자라고
남자는 창을 들고 먹을 것을 찾는다
기억한 것들을 돌에 그리고
암석 옆에 무릎을 고이고 앉는다
암반수 떨어지는 소리
동굴 안에 울려 퍼지고
두려운 수정체에
날 선 순간이 다가온다

● ● ●

아무 일도 일어나고 있지 않다
존재를 느낄 뿐

_〈어떤 원시〉

"여자 사람"의 원시를 그리고 있는 시다. 이 원시에서 삶의 본질이 찰나적으로 드러난다. "여자 사람"은 아이를 출산하고 수유하는 존재다. 반면 "남자 사람"은 밖에 나가 사냥을 하고 채집을 하며 식구가 먹을 양식을 구한다. 먹고사는 것은 인류적 삶의 본질이다. 이 "여자 사람"의 "두려운 수정체에/날 선 순간"이 다가온다고 했는데, 그것은 무엇일까? 날 선 순간이 다가오는 것을 인지하고 두려움이라는 감정이 생겨난 것이 아니라 이미 수정체 안에 두려움이 들어와 있다는 점에 주목하자. 이것은 두려움이 선험적이라는 걸 말한다. 정작 이 "날 선 순간"은 "아무 일도 일어나고 있지 않"은 채 지나간다. 이 시의 어디에도 엄살을 떨며 감정의 낭비를 하는 구석은 없다. 시인은 시종일관 냉정하다. 이 시의 결구를 보라. 시인은 다만 "존재를 느낄 뿐"이라고 담담하게 적는다.

• • •

여자는 목감기를 핑계로 입을 다물어버렸다
남자는 요리를 하였다
아침을 먹었고 점심을 먹었고 저녁을 먹었다
남자는 아들 방에서 잠이 들었고
여자는 침대에서 몸을 뒤채며
마음껏 목감기를 앓았다
하루 그리고 이틀
시간이 되면 남자는 밥을 먹으라고 하였고
여자는 어쩔 수 없이 수저질을 하였다
남자가 용기를 내어 커피를 내밀었고
여자는 베개를 침대머리에 받치고 앉아
무거운 커피잔을 받아 들었다
창밖 먼 하늘에 닿아 있는 남자와 여자의 시선
그들은 멀고 높은 곳에서 마주 섰다
커피는 증발하듯이 아주 조금씩 줄어들었고
그만큼 시간도 자국이 남았다
여자는 듣고 싶은 한 마디 말을 생각하였고
남자는 하고 싶은 한 마디 말을 떠올렸다
여자는 자꾸 잠이 왔고

• • •

남자는 새로운 담배 한 갑을 뜯고 있었다

_<말은 없었다>

목감기를 앓는 여자의 사정을 담고 있는 시는 어떤가? 목감기를 앓는 여자, 밥하고 요리를 하는 남자. 침대에서 몸을 뒤채며 목감기를 앓는 여자, 아들 방에서 잠든 남자. 남자는 앓는 여자를 위해 밥을 하고 커피를 끓이고, 여자는 침대에서 남자가 갖다 바치는 밥상을 받고 커피잔을 받아 든다. 여자는 자꾸 잠이 오고, 남자는 그런 여자의 곁에서 새 담배 한 갑을 뜯는다. 남자가 불가피하게 여자의 삶에서 소외된 모습인데, 그 이유는 무엇일까? <카페와 큰 나무 사이>라는 시가 그 단서를 제시한다. 시의 화자는 도심 안의 궁을 찾는데, 덕수궁엘 간다는 생각과는 달리 발길은 경복궁으로 향한다. "이젠 궁 안의 비밀이 더 이상 궁금하지 않고/속 빈 달,/내 사십의 달마냥/그저 빈 궁을 감싸고 있는 나무들이 보고 싶었나 보다"라는 구절에서 "빈 궁"은 중의적이다. 그것은 물론 고궁을 가리키는 것이지만, "속 빈 달"과 연관될 때 여자의 고갈된 자궁을 암시한다. 여자는 달[달거리]이 없는 "빈 궁"이다. 여자로서의 농익음을 지나 완경을 맞고 여성성을 잃어간다. 여자가 "가슴이 답답해, 가출하고 싶어"〈뜨끈한 싸움〉라고 말하는 것도 완경과 더불어 찾아든 공허탓이다. 여자는 여성성을 상실해 가면서 삶 자체의 공허와 싸운다. "그 길을 따라 철쭉꽃 속으로 들어가면/아주 작은 여자아이가 서 있다"〈철쭉의 파장〉라는 구절에 따르면, 여자의 무의식은 제 쇠락을 확인하면서 "작은 여자아이"를 향한다. 그러나 "작은 여자아이"의 미래에 와 있는 "여자 사람"이 다시 과거에로 돌아가는 일은 불가능하다. 이 회귀 불가능성이 "여자 사람"의 깊은 슬픔을 이루고, 시인은 "내 안의 깊은 슬픔이 말을 걸 때"와 자주 마주치는 것이다.

식물성의 시학

한순 시인은 식물들을 편애한다. 새로 오는 봄과 늙어서 떠나는 봄 사이에서 온갖 꽃들은 자지러진다. 그 꽃들이 아름다움의 절정에 이르기 때문에 꽃을 바라보는 이의 마음도 함께 자지러진다. 꽃들은 "오른쪽으로 피는가 했더니 왼쪽으로도 피고/앞쪽으로 피는가 했더니 뒤쪽으로도 피어"

● ● ●

〈개망초 1〉 사람의 기분을 화창하게 만든다. 꽃과 나무들, 즉 식물들이 시인의 마음에 들어와 뿌리를 내리고 자라난다. 시인의 상상력 속에서 식물들은 쑥쑥 자라나 숲을 이뤄 감각의 세계에 각인되며, "봄마다 언니는 환한 분홍으로 피어나/다시 흩날리고 있을 뿐"〈돌아온 꽃잎〉이라는 구절이 암시하듯 기억의 지층에 퇴적되고, 마침내 상징체계를 이룬다. 교정지를 들여다볼 적에도 무심코 "들꽃같이 작은 글자들"이라고 말해버린다〈편집실 오후〉. 이는 익숙한 것과 좋아하는 것의 무의식적인 결합의 사례일 것이다. 한순 시인의 시집 전체를 통해 수없이 많은 식물들을 향한 시선을 느낄 수가 있다. 시인의 눈길은 자주 연꽃, 철쭉, 오래된 나무, 해바라기, 느티나무, 산목련, 달개비, 불두화, 상추, 진달래, 토란잎, 데이지, 개망초, 장미, 능소화…… 따위에 머문다. 사랑하고 관심이 가는 것에 더 자주 눈길이 가는 법이다. 시인은 피고 지는 꽃을 통해 "피었다 지는 일이 천지의 이치"임을 깨닫는다〈혹시 시〉.

사람들과 요즘 이야기를 나눌 때면
저이의 식물 띠는 무엇일까 생각하는 버릇이 생겼어

• • •

파릇파릇 솟아나고
쑥쑥 자라나는 아이들을 보고 있으면
절로 식물들의 이름이 떠올라
푸르고, 향기로운
금방 물기를 툭툭 떨어뜨리는

꽃 핀 정원을 쪼그려 앉은 여자아이는 빨간 딸기 띠
환호성을 지르며 미끄럼틀을 쑥 내려오는 저 사내아이는 초록향의 오이 띠
풍성한 엉덩이를 깔고 앉아 수다를 떠는 저 아줌마들은 토마토 띠
지팡이에 의지해 졸고 있는 저 할머니는 가을을 끌고 가는 홍시 띠

그렇다면 나는?

_〈식물 띠〉

식물들은 우리 내면의, 벌거벗은 채 대지에 뿌리를 박고 살아가는 식물적 자아를 드러낸다. 무엇보다도 이 푸르고

● ● ●

향기로운 것들은 동물과는 달리 비폭력적이고 붙박이살이를 한다. 이를테면 나무들이 보여주는 것은 발 달린 짐승들의 재바름과 격렬한 운동성과 상반되는 부동不動과 관음觀音의 삶이다. 수행이 깊은 수도승이 그러하듯이. 그런 까닭에 기다림과 무위는 식물적 본성의 바탕을 이룬다. 다른 한편으로 나무들은 한자리에 붙박이살이를 하지만 광합성을 하고 제 스스로 활력으로 충만해서 잎을 피우고 꽃을 피우며 열매를 맺는다. 스스로의 활력으로 충만하다. 사람을 딸기, 오이, 토마토, 홍시 따위와 같은 식물로 치환하는 상상력은 독특한데, 이것은 시인의 무의식이 식물적 지향을 하고 있음을 보여준다. 식물의 생태에 사람의 생태를 겹쳐 보는 이 식물적 상상력의 뿌리는 식물들이 이룬 평화주의적 공존에가 닿는다.

내 한숨을 먹으며 자란 토란잎은
내 근심거리보다 얼굴이 더 커졌다
저 넓은 잎에 무거운 마음을 많이 기대었다
녹색의 이파리는 내 어두운 얼굴을 이리저리 굴리다
바닥에 쏟아버리곤 했다

• • •

그때마다 나는 조금씩 가벼워졌다

_〈토란잎에게〉

토란잎은 시적 화자의 "한숨을 먹으며" 자란다. 토란잎은 자라나며 커다래지는데, 시적 화자의 근심거리에 견주어진다. "내 근심거리보다 얼굴이 더 커졌다"라는 구절이 그것이다. 시적 화자는 저 토란의 넓은 잎에 "무거운 마음"을 기대고 토로한다. 바로 다음 구절에 나오는 "어두운 얼굴"은 보이지 않는 "무거운 마음"이 가시적으로 나타난 현실태다. 토란잎은 그것을 고스란히 받아 바닥에 쏟아낸다. 식물에게 정서적으로 의존을 하며 산다는 뜻이다. 그 결과는? 마음의 무거움에서 벗어나니 조금씩 가벼워진다.

"여자 사람"은 "밤새 젖은 등의 깊은 늪을 헤매고 다"〈개망초 3〉닌 사람이고, 놀이터의 아이에게 밥을 먹여야겠다고 생각하면서도 컴퓨터에 앉아 "키보드를 두드리"〈해독되지 않는 오후〉는 사람이다. 한순은 그렇게 비문碑文을 새기듯 한 자 한 자를 적어나간 끝에 시를 완성한다. 그 일은 지난하지만 숭고하고, 그것을 쓰는 자에겐 지복이다. 그렇지 않다면 누가

• • •

시를 쓰겠는가! 한순의 시들은 영혼의 동요와 신체감각의 층위에서 빚어진 이미지들을 보여준다. 그것은 “여자 사람”으로 겪은 경험들, 식물적 상상력, 즉 “속절없이 떠난 언니의 영혼”〈하얀 새〉에서 “천년을 살아야 할 새들의 근심”〈빗소리 음愔〉, “비현실적으로 아름다운 초록, 추억이 시차 없이 공존하고 떠다”〈비구상의 계절〉니는 것들에 이르기까지를 포괄한다. 이 시들이 가리키는 것은 외로운 별로 이곳에서 저곳으로 이동하는 “내 마음의 항로”〈별의 허물〉다. 그러니까 한순의 첫 시집은 그 마음이 움직여 나아간 궤적들, 마음이 흐르고 번지고 스며들어간 시간의 흔적들을 담아낸 것이라 할 수 있겠다.

내 안의 깊은 슬픔이 말을 걸 때

초판 1쇄 인쇄 2015년 11월 15일
초판 1쇄 발행 2015년 11월 23일

지은이 | 한순
펴낸이 | 이희섭
펴낸곳 | (주) 도서출판 나무생각
편집 | 양미애 양예주
디자인 | 김서영
마케팅 | 박용상 이재석
출판등록 | 1999년 8월 19일 제1999-000112호
주소 | 서울특별시 마포구 월드컵로 70-4(서교동) 1F
전화 | 02) 334-3339, 3308, 3361
팩스 | 02) 334-3318
이메일 | tree3339@hanmail.net
홈페이지 | www.namubook.co.kr
트위터 ID | @namubook

ISBN 979-11-86688-19-9 03810

값은 뒤표지에 있습니다.
잘못된 책은 바꿔 드립니다.

국립중앙도서관 출판예정도서목록(CIP)

내 안의 깊은 슬픔이 말을 걸 때 / 지은이: 한순. -- 서울 : 나무생각, 2015
p. ; cm

ISBN 979-11-86688-19-9 03810 : ₩10000

한국 현대시[韓國現代詩]

811.7-KDC6
895.715-DDC23 CIP2015030324

* 표지 제목 서체는 세종대왕기념사업회에서 개발한 문화바탕체입니다.